D1096734

Dodo, les canards !

Du même auteur

Chez Soulières éditeur

Le soufflé de mon père, collection Ma petite vache a mal aux pattes, 2002

Chez d'autres éditeurs

Herménégilde l'Acadien, collection Plus, éditions Hurtubise HMH, 2000
L'Arbre à chaussettes, collection Plus édi-tions Hurtubise HMH, 2001
Petits bonheurs, collection Sésame, éditions Pierre Tisseyre, Montréal, 2002
L'île aux loups, collection Sésame, éditions Pierre Tisseyre, Montréal, 2003
Fortune de mer, éditions Chenelière/ McGraw-hill, Montréal, 2003
Un étrange phénomène, éditions Hurtubise HMH, Montréal, 2003
Un jour merveilleux, collection Sésame, éditions Pierre Tisseyre, Montréal, 2004

Dodo, les canards !

**un roman écrit par Alain Raimbault
illustré par Daniel Dumont**

case postale 36563 — 598, rue Victoria
Saint-Lambert (Québec) J4P 3S8

Soulières éditeur remercie le Conseil des Arts du Canada et la SODEC de l'aide accordée à son programme de publication et reconnaît l'aide financière du gouvernement du Canada par l'entremise du Programme d'Aide au Développement de l'Industrie de l'Édition (PADIÉ) pour ses activités d'édition. Soulières éditeur bénéficie également du Programme de crédit d'impôt pour l'édition de livres – Gestion Sodec – du gouvernement du Québec.

Dépôt légal: 2005
Bibliothèque nationale du Canada
Bibliothèque nationale du Québec

Données de catalogage avant publication (Canada)

Raimbault, Alain

Dodo, les canards !.
(Collection Ma petite vache a mal aux pattes ; 59)

Pour les jeunes de 6 à 9 ans.

ISBN 2-89607-016-8

I. Dumont, Daniel. II. Titre. III. Collection.
PS8585.A339D62 2005   jC843'.6 C2004-941630-8
PS9585.A339D62 2005

Illustrations de la couverture
et illustrations intérieures:
Daniel Dumont

Conception graphique de la couverture:
Annie Pencrec'h

Logo de la collection:
Caroline Merola

*à Yoann
et à Arianna*

1

De joyeuses nuits

Maman est jardinière fleuriste au parc historique de Grand-Pré en Nouvelle-Écosse. Je l'aide tous les soirs à coucher les trois canards.

Il y a une petite mare. Quand le dernier touriste sort du parc et que la nuit tombe, c'est une habitude, nous couchons les canards. Ils s'appellent Hélico, monsieur Guili et Fleurette. On ne sait pas

encore si ce sont des mâles ou des femelles parce qu'ils n'ont pas encore pondu. Peut-être sont-ils trop vieux pour faire des bébés. Ou trop jeunes. On ne connaît pas leur âge, mais ce sont de vrais canards, avec plein de plumes et de coin-coin.

Les canards sont arrivés au début de l'été dernier. Ils se sont installés dans la mare à poissons rouges. Ils ont décidé de coucher dans la petite maison verte décorative située sur l'île, au milieu de la mare. Mais la première nuit, il n'ont pas arrêté de cancaner, un peu comme s'ils s'étaient raconté des histoires très drôles, à mourir de rire. Nous habitons à un kilomètre de Grand-Pré et nous pouvions presque les entendre.

Le matin suivant, les poissons rouges avaient l'air pâle. Ils avaient mal dormi. Les jours d'après, ils ont perdu l'appétit. Leurs écailles rouges sont passées du rose au blanc crème. Maman, qui avait remarqué ce problème, a décidé de trouver une solution pour faire dormir les canards.

Elle leur a donné du maïs avec des somnifères. Les canards ont commencé à faire la sieste l'après-midi, les pattes en l'air et la tête en arrière, comme les chats. Il y en a même un qui ronronnait. Ils se réveillaient en fin de soirée et semblaient avoir beaucoup d'histoires drôles à se raconter. Leur sieste les mettait en pleine forme pour la nuit.

Un peu d'activité

Après avoir abandonné l'idée du maïs aux somnifères, maman a décidé de fatiguer les canards.

Elle leur a organisé une course d'obstacles avec des balançoires, des glissades, des tunnels sous-marins et des courses à reculons. Maman était en maillot de bain dans la mare. Elle les poussait dans toutes les directions. Les canards adoraient ça. Ils suivaient toutes les instructions et ils restaient toujours groupés.

Les touristes aussi adoraient cette animation originale. Ils prenaient plus souvent maman en photo que la statue d'Évangéline qui pleure son Gabriel ou que l'église-musée. Un franc succès !

Quand maman s'arrêtait pour se reposer, les canards l'entouraient et la poussaient du bec vers la mare. Le soir, elle était morte de fatigue, mais nos joyeux amis insomniaques ne fermaient pas l'oeil de la nuit.

Finalement, c'est moi qui ai trouvé la solution.

J'ai pensé à ma façon de m'endormir. Maman, papa ou Mélodie, ma soeur, me lisent toujours une histoire au lit. Je n'ai jamais pu m'endormir sans mon histoire. Même lorsque je suis en vacances loin de la maison, maman me lit un livre au téléphone.

J'ai proposé deux solutions : soit on installe un poste de télévision sur leur île, pour détourner leur attention, soit on leur lit une histoire.

Maman a essayé d'abord le poste de télévision. Un petit poste noir et blanc, sans câble ni satellite. Juste une antenne. La première nuit, ça a marché. Ils ont observé en silence les dessins animés en anglais du canal de Boston.

La deuxième nuit, ils ont appris à changer de chaîne avec le bec et à augmenter le volume.

La troisième nuit, ils ont sélectionné les chaînes musicales et ont chanté en choeur comme pour un karaoké. Pour les punir, maman leur a supprimé la télé.

J'ai suggéré de les amener un soir au cinéma, mais papa n'a pas voulu. Je ne sais pas pourquoi.

Désespérée, maman m'a demandé le titre de mon histoire préférée. Sans hésitation j'ai répondu :

—Les trois petits cochons !

J'ai pris le livre sur l'étagère de ma chambre puis nous sommes allés sur l'île. Maman s'est installée sur une chaise et elle a regardé les canards droit dans leurs six yeux. Ils ne disaient plus rien. Ils s'attendaient au pire.

—Mes petits cocos, a dit maman, d'un air très sérieux, c'est votre dernière chance. Écoutez-moi bien. Je vais vous lire une belle histoire et, à la fin, si vous ne dormez pas, je vais vous manger avec des patates !

Je les ai vus trembler de terreur. Ils en avaient la chair de poule.

Maman a ouvert mon livre.

—Il était une fois trois petits canards qui vivaient heureux à la campagne.

Maman avait remplacé *cochons* par *canards*. L'histoire devenait terrifiante. Et ils étaient terrorifiés... euh ! terrifiés. Quand, à la fin, le loup se fait brûler la queue et qu'il s'enfuit en hurlant dans la forêt, les amis à plumes sont restés silencieux. On entendait seulement les moustiques voler.

Hélico a demandé :
—Coin ? C'est fini ?
Monsieur Guili a répondu :
—Coin ! Non !
Et il a ajouté :
—Coin coin !
Les autres étaient d'accord.
Ça voulait dire : Encore !

Maman a relu le livre en les prévenant qu'il n'y aurait pas de troisième lecture. Ils ont hoché la tête en signe d'accord.

Après la fuite du loup avec sa queue brûlée, ils ont fermé les yeux et ils ont... dormi ! Fleurette ronflait un peu, mais ils dormaient tous profondément.

Nous avons quitté l'île sur la pointe des pieds.

Le lendemain matin, nous avons remarqué le teint rose foncé des poissons qui, reposés, reprenaient des couleurs. Les choses rentraient dans l'ordre.

Ainsi, tous les soirs, nous couchions les canards avec l'histoire des trois petits canards et du loup à la queue carbonisée.

Mais un soir, maman est restée à la maison pour s'occuper de grand-mère. La directrice du parc nous a appelés. Les canards s'étaient enfuis !

Nous avons aussitôt compris pourquoi. Ils étaient partis à la recherche de maman. Il fallait donc les retrouver avant qu'il ne leur arrive malheur.

Hélico

Nous pensions que le plus facile à retrouver serait Hélico. Nous l'avions nommé ainsi, car il ne battait pas des ailes comme les autres. Au lieu de les agiter de bas en haut, il les faisait tourner comme des hélices d'hélicoptère. Il commençait par courir en rond, comme pour se mordre la queue, puis il écartait ses ailes et les étendait horizontalement.

Hélico pouvait décoller de dix bons centimètres environ, puis il s'écrasait lamentablement sur son derrière en poussant un COUAC! de surprise et de colère.

Pour le retrouver, il suffisait de le rechercher en hélicoptère. Cela l'attirerait immanquablement.

Maman a appelé la garde côtière qui envoie parfois des hélicoptères pour sauver les équipages des navires en détresse. Elle leur a signalé la disparition d'Hélico.

—Qui est monsieur Hélico ? a demandé la voix au téléphone.

—Un agent touristique du parc historique de Grand-Pré.

—Dans quelles circonstances a-t-il disparu ? Son embarcation est-elle sur le point de faire naufrage ? Pouvez-vous fournir son nom, son âge, le nom de son navire, son port d'attache, son...

—Oui, a dit maman, sans donner davantage de détails.

—Qui est ce monsieur Hélico, madame ?

—Un...

—Oui ?

—Un canard indispensable. C'est l'attraction majeure du parc. Il...

—Représente-t-il un danger pour la population ?

—Absolument pas, a protesté maman, sincère.

—Alors nous ne pouvons rien faire pour vous, madame. Contactez plutôt une association de défense des animaux.

Et il a raccroché.

—On ne peut retrouver Hélico qu'en hélico, ai-je dit.

Papa s'est alors souvenu d'un ami qui pratiquait le parachutisme avec lui. Il ne possédait pas

lui-même d'hélicoptère, mais il avait peut-être la solution à notre problème.

Mon père l'a tout de suite appelé.

Au début, l'explication a été assez longue, car le parachutiste ne comprenait pas pourquoi un canard répondrait à l'appel d'un hélicoptère. Après une heure de discussion, ils étaient d'accord. L'ami de papa viendrait même avec un escadron entier d'hélicoptères et de nombreux pilotes.

—Merveilleux ! a conclu papa.

Maman et moi ne comprenions pas. Seules les forces aériennes possédaient un tel escadron. Comment cet ancien ami de papa avait-il pu obtenir leur participation ?

Peu de temps après, une dizaine de camions se sont garés

devant la maison. À l'arrière,
chacun transportait... un hélicoptère téléguidé. Le club d'aéromodélisme au grand complet s'était
déplacé.

Les membres se sont disper-
sés tout autour du parc et dans
la plaine. Comme il faisait nuit
noire, chaque hélicoptère a allu-

mé son projecteur. Le spectacle des faisceaux de lumière balayant la nuit faisait penser à un film de science-fiction. C'était beau comme au cinéma.

Je soupçonne Hélico d'avoir lui aussi longuement admiré le spectacle avant de sauter de joie.

Après s'être enfin manifesté, Hélico a suivi, tout ému, un hélicoptère jusqu'à sa maison, sur l'île. Mais il ne voulait pas dormir, non, non, non. Il n'a pas arrêté de sauter en rond et de cancaner toute la nuit.

4

Monsieur Guili

Pour trouver monsieur Guili, nous avons organisé un concours de rires avec les membres du club d'aéromodélisme. Nous devions envoyer des personnes au rire communicatif, car monsieur Guili, non seulement craignait les chatouilles, mais riait tout le temps. Même en dormant. Certains ronflent, lui rit. Le résultat est le même puis-

qu'il parvient à réveiller les autres. Bon.

Les pilotes se sont mis en rond. Le premier a fait :

—Ah ! Ah ! Ah !

Silence.

Il a ajouté un petit Hi-Hi de souris.

Personne n'a ri. Il a été éliminé.

Le deuxième a fait :

—Ho-Ho-Ho ! en tirant la langue. Éclat de rire général, non à cause du rire, mais de la langue : elle était bleue. Il devait avoir mangé trop de bonbons. Maman a décidé de le garder et de le faire rire avec sa langue éclairée par une torche électrique. Même monsieur Guili ne pourrait résister à ce curieux phénomène.

Les troisième, quatrième et cinquième pilotes n'ont fait rire

personne, mais le sixième avait vraiment un rire communicatif. Il a juste dit : Pou-Louf Pou-Louf et nous nous sommes tous tordus de rire le plus naturellement du monde. Il y a des gens, comme mon ami Olivier, qui sont doués pour parler aux vaches ou pour tomber de leur chaise sans se blesser. Ce pilote était doué pour rire en Pou-Louf. À chacun son talent.

Les autres pilotes ne communiquaient rien du tout et ils sont rentrés chez eux après avoir été vivement remerciés par mes parents.

Papa a donné un porte-voix à Pou-Louf. Maman et moi, nous avons éclairé la langue bleue et nous sommes partis à la recherche de monsieur Guili. Grâce au porte-voix, les *Pou-Louf Pou-Louf*

faisaient rire tout le monde. Et plus on riait, plus on avait envie de rire. On a trouvé des faisans morts de rire qui se roulaient sur le dos ; des aigles à tête blanche qui rampaient, rouges de rire aussi et des chevaux qui n'en pouvaient plus de rigoler comme des ânes. C'était vraiment très drôle.

Pou-Louf aurait pu être animateur de zoo et de basse-cour. Mais, dans la cacophonie générale, monsieur Guili restait introuvable. On n'aurait pas pu l'entendre. Pou-Louf s'est alors tu, on a éteint les lumières dirigées vers la langue bleue et on a écouté avec attention.

Quelques secondes plus tard, on a entendu un coin-coin-coin s'élever dans la nuit. C'était monsieur Guili qui n'avait pas fini de rire. Maman l'a retrouvé facilement et l'a ramené dans sa maison, sur l'île.

Et de deux !

5

Fleurette

Trouver Fleurette semblait beaucoup plus compliqué.

Je pense que c'était une cane plutôt qu'un canard puisque, comme son nom l'indique, elle se prenait pour une fleur. Elle aimait les couleurs vives, ce qui, la nuit, est plutôt rare dans les champs. Elle aimait le parfum délicat des lupins. Ce sont de très jolies

fleurs du mois de juin. On était
fin août. Et elle aimait que maman peigne ses longues plumes
vertes avec la brosse à chien.
Elle avait essayé avec le peigne
de papa, mais Fleurette n'avait
pas apprécié.

Comment la retrouver dans cette nuit sans lune ?

Papa a proposé d'imiter la voix d'Hélico.

—Imiter, ce n'est pas une bonne idée, ai-je dit.

—Couac-Couac ! a fait papa.

Ce n'était pas très convaincant.

Il a essayé celle de monsieur Guili :

—Coing-coing-coing !

—Tu parles canard avec un accent, a remarqué maman.

J'étais d'accord. Papa n'a jamais été doué pour les langues étrangères.

—On devrait plutôt les enre-gistrer, ai-je proposé.

Et c'est ainsi que mes parents et moi nous nous sommes re-trouvés à quatre pattes armés d'un microphone en train d'inter-viewer les canards dans leur maison miniature.

Hélico et monsieur Guili ne semblaient pas du tout impressionnés par notre présence. Ils jouaient les indifférents.

—Messieurs les canards, pouvez-vous pousser un joli coin-coin pour retrouver Fleurette, s'il vous plaît ? a demandé papa d'une voix mielleuse.

Non.

—Juste un coin ?

Ils ne voulaient pas.

Maman est allée chercher Pou-Louf, et monsieur Guili a

explosé de rire. Nous tenions
notre enregistrement. Peu après,
monsieur Guili a retrouvé son
calme et nous avons fait jouer les
cassettes. Mais plus tard, presque à l'aube, Fleurette restait
introuvable.

Maman a proposé une solu-
tion.

—Quelle est la meilleure façon de trouver des fleurs ? nous
a-t-elle demandé.

Papa a suggéré d'aller chez le fleuriste.

—Sauvages, a précisé maman.

—Sauvage ? a demandé papa, surpris. Je ne suis pas un sauvage.

—Des FLEURS sauvages, a-t-elle dit.

—Ah ! Eh bien, il faut se promener dans les champs.

—Nous nous promenons depuis longtemps dans les champs et nous ne retrouvons pas Fleurette. Voilà ce que nous allons faire. Si Fleurette est une fleur...

—Fleurette est une cane, ai-je dit. Pas une fleur.

—Si on considère que Fleurette est une fleur, pour trouver des fleurs dans les champs il faut suivre...

—Les abeilles, ai-je dit.

—Oui ! Nous allons suivre les abeilles.

—J'ai vu des ruches pas loin d'ici, a mentionné papa.

—Mais ça vole vite, une abeille. Pour les suivre, il nous faudrait un véhicule tout terrain. Ou des chevaux.

—J'ai vu des chevaux dans la ferme, près des ruches, a ajouté papa. On pourrait demander l'autorisation de les emprunter.

6

À cheval

Papa a parlé au propriétaire qui était déjà debout, car il était à peine cinq heures du matin. Il transportait un arbrisseau dans une brouette. C'est la première fois que j'assistais à la promenade matinale d'un arbre. Le propriétaire a accepté tout de suite l'idée sauvage... et étrange de papa. Trouver à cheval un canard prénommé Fleurette en suivant des abeilles lui semblait assez raisonnable.

Le propriétaire a sellé les chevaux, il m'a prêté un poney à ma taille et nous avons guetté le lever des abeilles.

Au premier rayon de soleil, les abeilles sont toutes sorties en nuages vers l'horizon. Papa a suivi un nuage. Maman en a suivi un autre, et moi, j'ai suivi maman.

Le nuage d'abeilles zigzaguait dans tous les sens. Ce n'était pas facile de le suivre. Comme mon poney avait les pattes plus courtes que la monture de maman, j'étais beaucoup plus secoué qu'elle, mais je ne suis pas tombé.

Le nuage s'est posé dans un champ de petites fleurs jaunes et bleues. Nous avons cherché Fleurette du regard. Nous l'avons

trouvée assise dans un nid de foin. Lorsqu'elle s'est levée pour nous dire bonjour, nous avons découvert quatre gros oeufs... sous elle. Fleurette était bien une cane et allait être maman. Quelle surprise !

—Coin-coin-coin-coin, nous a-t-elle lancé, toute fière.

Nous étions émus.

Nous avons appelé papa qui lui aussi en a été tout chamboulé. Il en avait la larme à l'oeil.

Nous avons décidé de laisser Fleurette dans son champ de fleurs jusqu'à l'éclosion des oeufs.

Lorsque les canetons sont nés, Fleurette les a fièrement guidés jusqu'au parc. C'était mignon. On a pris plein de photos. Elle se dandinait devant ses quatre apprentis canards qui la suivaient en battant de leurs petites ailes recouvertes d'un duvet tout doux.

L'été suivant, nous avions sept canards insomniaques dans le parc.

L'histoire des trois petits cochons a été remplacée par *Blanche Cane et les sept canetons.*

À la fin de l'été, une bernache s'est posée dans notre mare aux canards. Elle était si belle que

nous l'avons tout de suite adoptée. Le seul problème, c'est qu'elle était presque sourde. Il fallait crier très fort dans ses oreilles invisibles pour qu'elle comprenne. Maman s'est fatiguée très vite la voix. Elle a fini par lire l'histoire du soir avec un haut-parleur. Ce n'était pas idéal pour endormir nos volailles.

—Il te faudrait un micro. On mettrait à Bernache des écouteurs dont on pourrait régler le volume. Ainsi, cela ne dérangerait pas les autres.

—Comme une radio, tu veux dire ? m'a demandé maman.

—Oui ! Tu as raison ! Tu devrais lire tes histoires à la radio. On mettrait un poste avec des écouteurs pour Bernache et tout le monde pourrait en profiter dans le village.

Maman a convaincu sans peine le poste de radio local de lui laisser lire une histoire en

français tous les soirs, pendant quinze minutes. Bernache a tout de suite accepté les écouteurs.

Maman s'installait dans la maison des canards avec son micro, son petit émetteur et son livre. Elle commençait ainsi :

— Ami des plumes, des fleurs, des rires et des hélicoptères, voici l'histoire du soir, depuis la mare aux canards...

L'émission de maman était captée dans de nombreuses maisons.

Des parents sont aussi venus dans le parc avec leurs enfants pour écouter maman. Quand les canards ronflaient, chacun sortait un livre. La soirée de lecture à voix haute se poursuivait souvent très tard, à la bougie ou autour d'un feu de camp.

Moi, je m'endormais, comme tous les enfants, et je ne sais quand les parents s'arrêtaient de lire. Peut-être ne s'arrêtaient-ils jamais…

Alain Raimbault

 Alain Raimbault habite en Nouvelle-Écosse, dans la vallée d'Annapolis où il enseigne à l'école franco-phone Rose-des-Vents.

De la fenêtre de sa cuisine, il peut voir une mare où pataugent, hiver comme été, trois petits canards. Il se demande souvent comment ceux-ci peuvent dormir la nuit, car dès le printemps, c'est une cacophonie continue de croassements de crapauds insomnia-ques. Et le matin, avant même le lever du soleil, les corneilles font leurs vocalises.

Parfois, Alain ferme les portes et les fenêtres et l'inspiration pour l'écriture de ses livres lui vient aussitôt. Pas compliquée, la vie.

Daniel Dumont

Ma fille Lola a déjà eu un canard, elle avait deux ans. Un « ami » avait eu la bonne idée de lui faire ce cadeau pour Pâques… Au bord d'un lac à la campagne, ça va toujours, mais à Montréal, dans un condo c'est plus difficile !

Inutile d'essayer de lui apprendre à aller dans la litière ou de gratter à la porte pour sortir. Nous n'avons pas eu à lui raconter l'histoire des trois petits cochons pour qu'il s'endorme.

Un jour, le petit canard a déménagé sur le bord d'un grand lac dans les Laurentides, il ne serait plus seul de sa race.

Je n'ai jamais su s'il avait empêché les résidents du coin de dormir.

Je trouve que les canards en chocolat c'est beaucoup mieux pour Pâques…

MA PETITE VACHE A MAL AUX PATTES

1. *C'est parce que...*, de Louis Émond, illustré par Caroline Merola.
2. *Octave et la dent qui fausse*, de Carmen Marois, illustré par Dominique Jolin.
3. *La chèvre de monsieur Potvin*, de Angèle Delaunois, illustré par Philippe Germain, finaliste au Prix M. Christie 1998.
4. *Le bossu de l'île d'Orléans*, une adaptation de Cécile Gagnon, illustré par Bruno St-Aubin.
5. *Les patins d'Ariane*, de Marie-Andrée Boucher Mativat, illustré par Anne Villeneuve.
6. *Le champion du lundi*, écrit et illustré par Danielle Simard.
7. *À l'éco...l...e de monsieur Bardin*, de Pierre Filion, illustré par Stéphane Poulin, Prix Communication-Jeunesse 2000.
8. *Rouge Timide*, écrit et illustré par Gilles Tibo, Prix M. Christie 1999.
9. *Fantôme d'un soir*, de Henriette Major, illustré par Philippe Germain.
10. *Ça roule avec Charlotte!*, de Dominique Giroux, illustré par Bruno St-Aubin.
11. *Les yeux noirs*, de Gilles Tibo, illustré par Jean Bernèche. Prix M. Christie 2000.
12. Ce titre est retiré du catalogue.
13. *L'Arbre de Joie*, de Alain M. Bergeron, illustré par Dominique Jolin. Prix Boomerang 2000.
14. *Le retour de monsieur Bardin*, de Pierre Filion, illustré par Stéphane Poulin.
15. *Le sourire volé*, de Gilles Tibo, illustré par Jean Bernèche.

16. *Le démon du mardi*, écrit et illustré par Danielle Simard. Prix Boomerang 2001.
17. *Le petit maudit*, de Gilles Tibo, illustré par Hélène Desputeaux.
18. *La Rose et le Diable*, de Cécile Gagnon, illustré par Anne Villeneuve.
19. *Les trois bonbons de monsieur Magnani*, de Louis Émond, illustré par Stéphane Poulin.
20. *Moi et l'autre*, de Roger Poupart, illustré par Marie-Claude Favreau.
21. *La clé magique*, de Gilles Tibo, illustré par Jean Bernèche.
22. *Un cochon sous les étoiles*, écrit et illustré par Jean Lacombe.
23. *Le chien de Pavel*, de Cécile Gagnon, illustré par Leanne Franson. Finaliste au Prix du Gouverneur général 2001.
24. *Frissons dans la nuit*, de Carole Montreuil, illustré par Bruno St-Aubin.
25. *Le monstre du mercredi*, écrit et illustré par Danielle Simard.
26. *La valise de monsieur Bardin*, de Pierre Filion, illustré par Stéphane Poulin.
27. *Zzzut !* de Alain M. Bergeron, illustré par Sampar. Prix Communication-Jeunesse 2002.
28. *Le bal des chenilles* suivi de *Une bien mauvaise grippe,* de Robert Soulières, illustré par Marie-Claude Favreau.
29. *La petite fille qui ne souriait plus*, de Gilles Tibo, illustré par Marie-Claude Favreau. Finaliste du Prix M. Christie 2002. Prix Odyssée 2002, Prix Asted 2002.
30. *Tofu tout flamme*, de Gaétan Chagnon, illustré par Philippe Germain.
31. *La picote du vendredi soir*, de Nathalie Ferraris, illustré par Paul Roux.

Achevé d'imprimer
sur les presses de AGMV-Marquis
en janvier 2005